*Pour Herb Parker Jr
et toutes les filles*
B. M.

*Pour Kent Bulcken
et Eric Phillips-les garçons.*
B. R.

© 2008 Editions Mijade
18, rue de l'Ouvrage
B-5000 Namur

Texte © 1971 Harcourt, Inc.
Illustrations © 1993 Barry Root
Titre original : Old devil wind
Houghton Mifflin Harcourt Publishing
(New York)

Adapté de l'anglais par GÉRARD MONCOMBLE
pour les éditions Milan (1997)

ISBN 978-2-87142-658-5
D/2008/3712/46

Imprimé en Belgique

Bill Martin

# Par une sombre nuit de tempête

Barry Root

Mijade

Par une sombre nuit de tempête,
le fantôme surgit du mur et se mit à gémir.

«Fantôme, pourquoi gémis-tu?»
demanda le tabouret.

«Par les sombres nuits de tempête,
je gémis toujours», répondit le fantôme.

«Alors, je vais trépigner», dit le tabouret.
Et il se mit à TRÉPIGNER.

«Tabouret, pourquoi trépignes-tu?»
demanda le balai.

«Par les sombres nuits de tempête,
le fantôme gémit. Moi, je trépigne.»

«Alors, je vais danser», dit le balai.
Et il se mit à DANSER.

« Balai, pourquoi danses-tu ? »
demanda la bougie.

« Par les sombres nuits de tempête,
le fantôme gémit, le tabouret trépigne.
Moi, je danse », répondit le balai.

« Alors, je vais trembloter », dit la bougie.
Et elle se mit à TREMBLOTER.

«Bougie, pourquoi tremblotes-tu?» demanda le feu.

«Par les sombres nuits de tempête,
le fantôme gémit,
le tabouret trépigne,
le balai danse.
Moi, je tremblote», répondit la bougie.

«Alors, je vais fumer à tort et à travers», dit le feu.
Et il se mit à FUMER à tort et à travers.

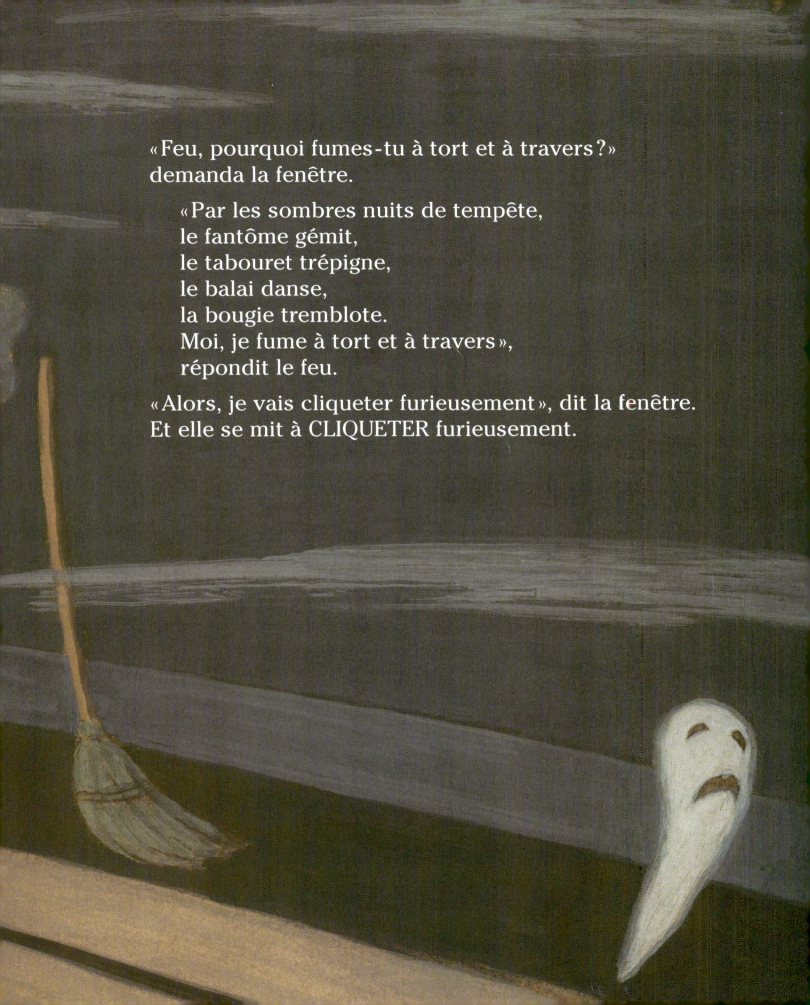

«Feu, pourquoi fumes-tu à tort et à travers?»
demanda la fenêtre.

«Par les sombres nuits de tempête,
le fantôme gémit,
le tabouret trépigne,
le balai danse,
la bougie tremblote.
Moi, je fume à tort et à travers»,
répondit le feu.

«Alors, je vais cliqueter furieusement», dit la fenêtre.
Et elle se mit à CLIQUETER furieusement.

«Fenêtre, pourquoi cliquettes-tu furieusement?» demanda le plancher.

«Par les sombres nuits de tempête,
le fantôme gémit,
le tabouret trépigne,
le balai danse,
la bougie tremblote,
le feu fume à tort et à travers.
Moi, je cliquette furieusement»,
répondit la fenêtre.

«Alors, je vais craquer»,
dit le plancher.
Et il se mit à CRAQUER.

«Plancher, pourquoi craques-tu?»
demanda la porte.

«Par les sombres nuits de tempête,
le fantôme gémit,
le tabouret trépigne,
le balai danse,
la bougie tremblote,
le feu fume à tort et à travers,
la fenêtre cliquette furieusement.
Moi, je craque»,
répondit le plancher.

«Alors, je vais claquer», dit la porte.
Et elle se mit à CLAQUER.

« Porte, pourquoi claques-tu ? »
demanda le hibou.

    « Par les sombres nuits de tempête,
    le fantôme gémit,
    le tabouret trépigne,
    le balai danse,
    la bougie tremblote,
    le feu fume à tort et à travers,
    la fenêtre cliquette furieusement,
    le plancher craque.
    Moi, je claque »,
    répondit la porte.

« Alors, je vais hululer », dit le hibou.
Et il se mit à HULULER.

«Hibou, pourquoi hulules-tu?»
demanda la sorcière.

«Par les sombres nuits de tempête,
le fantôme gémit,
le tabouret trépigne,
le balai danse,
la bougie tremblote,
le feu fume à tort et à travers,
la fenêtre cliquette furieusement,
le plancher craque,
la porte claque.
Moi, je hulule»,
répondit le hibou.

« Alors, je vais tournoyer autour de la maison », dit la sorcière. Et elle se mit à TOURNOYER autour de la maison.

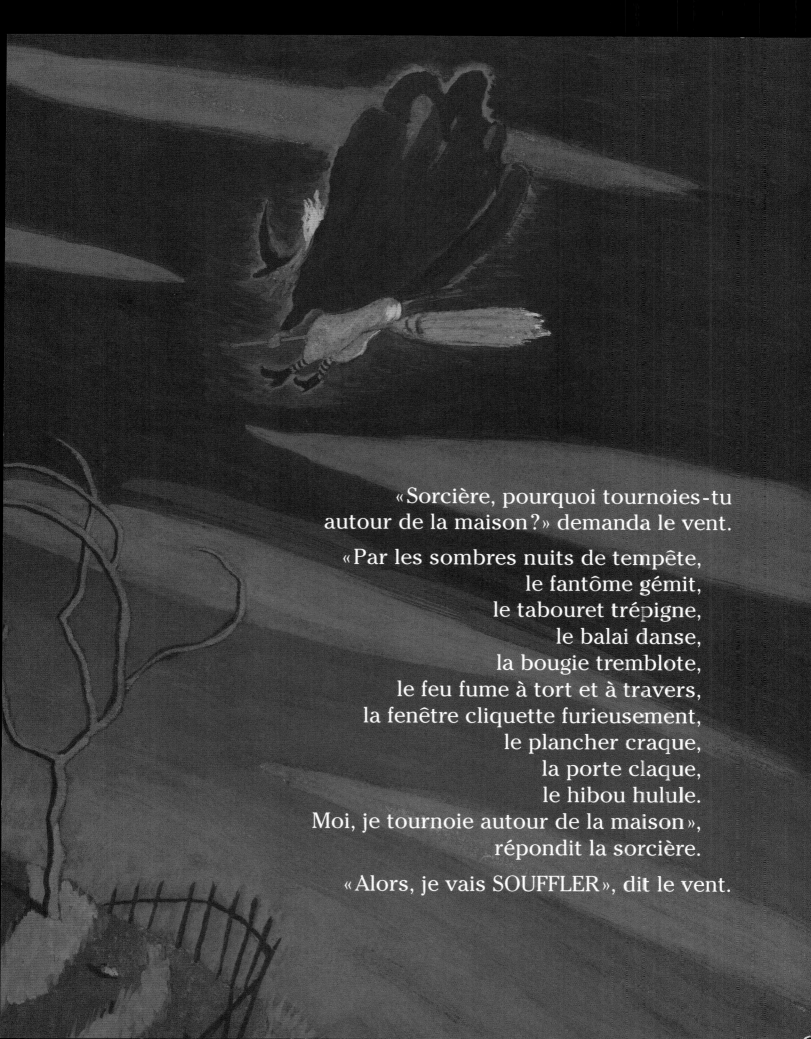

«Sorcière, pourquoi tournoies-tu autour de la maison?» demanda le vent.

«Par les sombres nuits de tempête,
le fantôme gémit,
le tabouret trépigne,
le balai danse,
la bougie tremblote,
le feu fume à tort et à travers,
la fenêtre cliquette furieusement,
le plancher craque,
la porte claque,
le hibou hulule.
Moi, je tournoie autour de la maison»,
répondit la sorcière.

«Alors, je vais SOUFFLER», dit le vent.

Et le vent
se mit
à souffler,
à souffler,
à souffler.

Et il balaya
LE FANTÔÔÔÔME
LE TABOOOOOURET
LE BAAAAALAI
LA BOOOOOUGIE
LE FEUUUUU
LA FEEEEENÊTRE
LE PLAAAAANCHER
LA POOOORTE
LE HIBOOOOOU
LA SOOOORCIÈRE

Et ils disparurent tous !
    TOUS !
Jusqu'à la prochaine
sombre nuit de tempête,
bien entendu !